AF398864

OLAF TRUNSCHKE

DIE GEOMETRIE DER TRÄUME

ERINNERUNGEN

AMOK:BOOKS

AMOK:BOOKS

The continent of Atlantis was an island,
which lay before the great flood
in the area, we now call the Atlantic Ocean.

DONOVAN

DIE TONNE

EINS

Jedesmal, wenn ich mittags in die Tonne kam, saß Diogenes schon in seiner Ecke, vor sich die leere Tasse, und wartete, daß ihm jemand den nächsten Kaffee bezahlen würde. Deshalb war an seinem Tisch auch immer ein Stuhl frei.

Kaum hatte er mich gesehen, winkte Diogenes dem Kellner, noch ein Glas zu bringen. Auf dem Tisch stand bereits eine halbleere Flasche. Offenbar war auch Krates gerade angekommen. Neben dem Tisch lehnte sein Ranzen: Ein schäbiger Lederbeutel, der alles enthielt, was Krates besaß.

Eigentlich waren wir damals alle arme Hunde. Diogenes rauchte ungenießbare Zigaretten – vermutlich, damit ihn niemand anschnorrte. Keiner besaß viel mehr als die Kleider, die er auf dem Leib trug. Da wir nichts zu verlieren hatten, brauchten wir uns aber auch um nichts zu sorgen. Und während die Athener arbeiteten, saßen wir in der Tonne und tranken Kaffee.

Krates, der gerade grinsend vom Klo kam, hatte sich das Haar lang wachsen lassen und trug es, zum Zopf gebunden, über die linke Schulter. Seit er seinen Beruf geschmissen hatte und zu Hause ausgezogen war, feierte

Als es noch keine Zeit gab, weil bei allem, was geschah, auch gleich das Gegenteil sich ereignete, lag inmitten des Meeres eine kleine runde Insel. Auf dieser Insel lebten kugelrunde Wesen mit vier Armen und vier Beinen.

er diesen Tag, an dem er sich aus Recht und Ordnung freigelassen hatte, jedes Jahr. Manchmal sah man Krates monatelang nicht. Die meiste Zeit reiste er umher und wohnte bei Freunden. Erst, seit er mit Hipparchia, die er seine „Katze" nannte, zusammen war, kam er wieder öfter nach Athen. Auf jeden Fall aber traf man Krates an diesem Tag in der Tonne.

Diogenes, der die Theorie vertrat, was Freunde besäßen, sei Gemeingut, bestellte gleich noch eine Flasche.

Unterwegs. Mein Ranzen, hatte Krates gedichtet, ist eine Insel im Meer der Träume: Nichts dort bleibt auf Dauer. In keinem Katalog ist sie Reiseziel. Zwiebeln und Brot sind ihr einziger Reichtum: Dafür lohnt sich kein Krieg.

Armut. Ich kenne viele Leute, sagte Diogenes, die sehr viel Geld haben und sich trotzdem für arm halten. – Wie wahr, wie wahr!

ZWEI

Ich war noch ziemlich müde von der letzten
Nacht. Öfter, wenn wir abends aus der Schenke kamen und sowieso kein Bus mehr fuhr,
blieb ich gleich bei Aristipp, der am Markt
in der Stadt wohnte. War seine Frau nicht zu
Hause, kamen meist noch einige Freunde und
ein paar Gefährtinnen mit.

Damals hatte ich mein Quartier in Piräus,
dem neuerbauten Vorort. Häuser und Straßen glichen sich hier zum Verwechseln: Piräus
war, wie viele neue Städte, mit dem Winkel
aufgebaut worden, weil der Baumeister
glaubte, wenn alle Griechen gleiche Rechte
hätten, müßten auch alle in gleichen Häusern
leben. Kaum hatte man einen solchen Ort
betreten, schon war man gefangen im Netz
seiner Straßen.

Jeden Tag mußte ich sieben Kilometer fahren, um in die Akademie zu kommen. Die
Straße führte am Fluß entlang, den wir alle
nur Lethe, den Strom des Vergessens, nannten, weil sein Wasser alle Abflüsse der Stadt
aufnehmen und forttragen mußte. Damals
war sein Bett noch nicht kanalisiert, und wenn
in den Bergen der Schnee schmolz, schwoll
der Fluß an und setzte die Uferwiesen und
die Straße unter Wasser.

*Wollten sie rasch ir-
gendwo hin, brauchten
die Kugelrunden nur
ihre vier Arme und
Beine auszustrecken
und konnten dann in
jede Richtung rollen.
Meist jedoch lagen sie
in der Sonne und be-
wegten sich nur, wenn
ihnen zu warm wurde,
indem sie sich auf eine
andere Seite drehten.*

Morgens herrschte unglaubliches Gedränge
in den Bussen, denn alle mußten zur selben
Zeit nach Athen zur Arbeit. Um acht begann in
den Vulkanos-Werken, wo die meisten Athener
arbeiteten, die Schicht. Oft konnte man nur
auf einem Bein im Einstieg stehen oder hatte
die Fahrt über einen Ellenbogen im Magen.
Da schlief ich doch lieber aus und ging dann
gleich in die Tonne.

Hundeleben. Wer halbwegs wie ein Mensch
leben will, der muß schon bereit sein, zu leben
wie ein Hund, meinte Diogenes. – Zumindest,
solange man wie ein Hund arbeiten muß, um
halbwegs wie ein Mensch zu leben.

DREI

Keiner von uns hatte Geld. Niemand wäre aber auf die Idee verfallen, selbst welches zu verdienen – womöglich noch durch Arbeit, wie ein Banause. Man mußte nur lange genug ausharren, spätestens, wenn drüben in der Akademie die Seminare zu Ende waren, füllte sich die Tonne bis zum Rand. Irgendwie traf man dann immer jemanden, der doch noch ein paar Mark hatte.

Wer bei Diogenes Platz nahm, wußte, worauf er sich einließ. Nur neuen Semestern unterlief zuweilen der Fehler, den leeren Stuhl für einen freien Platz zu halten. So hatte auch ich vor Jahren Diogenes kennengelernt. Kurze blonde Haare, einen blonden Bart, den er zuweilen beim Erzählen zwischen Daumen und Zeigefinger zwirbelte, eine kleine fleischige Nase – kurzum: Er sah wirklich so aus, wie er immer wieder beschrieben wurde.

Wissen. Schlimm ist, befand Diogenes, die Dummen haben von ihrer Dummheit keine Ahnung. Deshalb sind sie stolz. Und zufrieden. Und haben Erfolg.

Bildung. Manche Lehrer an der Akademie hielten sich für sehr gebildet und ungeheuer belesen. Aristipp sah das anders: Nicht wer bis zum Umfallen Sport treibt, lebt gesund, sondern wer das Nötige tut für den Körper. Und gebildet ist nicht, wer vieles liest, sondern das Nützliche.

Widerspruch. Betrachtet man Piloten, Ärzte oder Künstler, könnte man den Menschen für das klügste unter den Tieren halten, meinte Diogenes. Sieht man aber Politiker, Advokaten oder Makler bei ihrer Arbeit, muß man denken: Es gibt kein törichteres Vieh!

Weiterbildung. Nach einem Vortrag über moderne Physik kam Diogenes nachdenklich aus dem Hörsaal: Und wohin, fragte er, gehen die Leute zum Vergessen?

Theorie und Praxis. Auf den Vorschlag, über seine Philosophie ein Buch zu schreiben, antwortete Diogenes nur: Welches Bier ist dir lieber – ein bunt gedrucktes oder ein frisch gezapftes?

VIER

In die Akademie zu gehen, lohnte sowieso nicht mehr. Wer nicht rechtzeitig da war, blieb am besten gleich ganz weg, dann konnte er als krank gelten.

Kaum hatte ich mich gesetzt, begann Diogenes zu wettern. Krates grinste. Diogenes, der meist mit mürrischer Miene in der Tonne herumsaß, hatte eine Kunst entwickelt, sich am eigenen Mißmut zu vergnügen: Es machte ihm Spaß, keinen Spaß zu haben. Die Augen verkniffen, starrte er in sein Glas.

Schuld an dem ganzen Theater sei Platon, meinte Diogenes, und kratzte sich den kurzen blonden Bart.

Damals war Platon gerade aus dem Exil zurück. Nach der Hinrichtung des Sokrates hatten fast alle seine Schüler die Stadt verlassen. Die Zeitungen druckten jeden Tag Zuschriften, die das Urteil feierten. Und wer mit Sokrates befreundet gewesen war, erhielt Drohbriefe.

Viele glaubten deshalb, da er ständig von Sokrates redete, Platon werde jetzt Ernst machen mit den Lehren seines Lehrers.

Die Insel gab ihnen alles, was sie brauchten: Wohlschmeckendes Obst reifte in den Kronen der Bäume, eßbare Wurzeln wuchsen vielerorts aus der fruchtbaren Erde.

FÜNF

Sokrates war eine Kultfigur. – Es gab Jacken und T-Shirts mit seinem Bild. Natürlich nicht in den Läden. Man mußte schon in der Tonne die richtigen Leute kennen. Und jeder von uns hatte an der Wand das berühmte Poster: „Ich weiß, daß ich nichts weiß!" – Was natürlich all jene provozierte, für die immer alles klar, jede Frage bereits beantwortet und die Zukunft ein offenes Buch war.

Vieles, was heute in den Geschichtsbüchern steht, hatte Sokrates vorhergesehen, manchmal auch nur die Augen offengelassen, wo andere sich blind stellten. – Hinter den Fahnen vor den Fassaden sah er die verfallenden Häuser. Die vollmundigen Reden im Radio waren ihm leeres Gerede. Der Elan des Aufbruchs, der Athen belebt hatte nach der Befreiung von den Tyrannen, war längst nur noch Pose. Und Ohnmacht wuchs unter der Belustigung durch fortwährende Feiern und Feste, Jubiläen und Meetings. – Wie jeder, der Dinge, die keiner wahrhaben will, beim Namen nennt, galt Sokrates als Miesmacher.

Immer war Sokrates dort zu finden gewesen, wo er mit den meisten Leuten reden konnte: am häufigsten auf dem Markt, umringt von zufälligen Zuhörern und einer Horde von Nachbetern, die ihm wie die Hühner hinterherliefen und sich später seine Schüler nannten.

Sokrates, der meinte, daß der Besitz von Worten und Sätzen mit Weisheit gar nichts zu tun hat und nur dazu führt, seine Vorurteile zu pflegen, hat selbst nie eine Zeile zu Papier gebracht. Weder vertraute er auf Bücher, noch auf gängige Lehren. Und bei schwierigen Fragen hörte Sokrates nur auf eine Autorität: seine innere Stimme. Ratschläge, die Sokrates erteilte, waren eigentlich eher Gegenfragen, auf die jeder seine eigene Wahrheit finden mußte.

Von Sokrates in ein Gespräch verwickelt zu werden, galt daher als zwiespältiges Vergnügen: Schon nach wenigen Sätzen erschien manche Gewißheit plötzlich fragwürdig. Eigentlich erteilte Sokrates überhaupt keine Antworten. Er verteilte Fragen. Und viele blieben damit verwirrt zurück.

Manche Athener wechselten die Straßenseite, wenn sie Sokrates kommen sahen – andere wiederum suchten ihn auf dem Markt. Tatsächlich interessierten sich für ihn aber nur wenige: Sokrates, sofern sie ihn überhaupt beachteten, war für die meisten Leute ein Spinner.

Es ist wohl wahr, daß Sokrates die Jugend
verdarb, wie ihm die Richter vorwarfen: Er lehrte zwar das Streben nach Vollkommenheit. –
Aber wer will schon vollkommene Menschen,
wenn er Laufburschen, Handlanger, Rechenknechte braucht?

Ihm wurde das Reden verboten. Selbst, wenn
ein Ortsfremder den Weg erfragte, mußte sich
Sokrates stumm stellen.

Geistige Armut. Warum jeder Bettler ein Almosen und jeder Trottel ein Stipendium bekäme,
nicht aber er als Philosoph, wurde Diogenes
gefragt. Dumm oder ohne Obdach zu sein,
kann jeder sich vorstellen. – Aber wer kann
sich ein Leben vorstellen als Philosoph?

SECHS

Diogenes hatte den Text bearbeitet. Aristipp, der überall jemanden kannte, wollte Kostüme besorgen.

Auf der Suche nach einem Werk über Arithmetik war ich zufällig auf eine unbekannte Komödie gestoßen. – Es fehlten nur die Titelseite und der Schluß. In der Akademie gab es damals Bücher, die aus den öffentlichen Bibliotheken längst verschwunden waren, darunter alles von Aristophanes, auch die späten Stücke und Fragmente aus dem Nachlaß.

Viel brauchte Aristophanes allerdings nicht zu erfinden: Das Leben in Athen war einfach komisch. Seine letzten Komödien sind deshalb kaum mehr auf die Bühne gekommen. Schließlich ließ sich keiner gern daran erinnern, daß Athen einmal vorgehabt hatte, eine glückliche Stadt zu werden. Aristophanes aber wollte einfach nicht aufhören, darüber zu schreiben …

Hausarrest. Jedesmal, wenn Diogenes von einer Reise durch das protzige Stadttor nach Athen heimkehrte, rief er warnend: Leute, schließt die Tore, daß euch die Stadt nicht wegläuft!

Abends, wenn vom Meer ein frischer Wind wehte, pflückte sich jeder der Kugelrunden einige Früchte und badete dann im warmen Bach, denn auf der Insel entsprangen zwei Quellen: mit warmem Wasser die eine, eiskalt die andere.

SIEBEN

Inzwischen war Athen ziemlich auf den Hund gekommen: Viele Häuser verfielen. Es regnete durch die Dächer, und die alten Holztreppen waren so morsch, daß es zu einem Abenteuer wurde, im ersten Stock zu wohnen. Wenn, dann wurden bloß die Fassaden angemalt, denn das Geld reichte gerade für die Akropolis und ein paar andere Tempel.

Natürlich gab es genügend Griechen, die sich über die Zukunft der Stadt Gedanken machten. Da aber Verwandtschaft mehr zählte in Athen als Verstand, unternahm erst gar niemand den Versuch, seine Ansichten im Amt vorzubringen.

In Athen hatten alle gleiche Rechte. Wer aber den ganzen Tag in der Fabrik steht, verspürt am Abend kaum noch Lust, davon auch Gebrauch zu machen. So kam es, daß sich einige starke Athener finden mußten, die für alle das Recht in ihre Hände nahmen, wovon es mit der Zeit etwas abgegriffen und verbogen aussah.

ACHT

Die kahlen Wände und die großen Fenster
waren wirklich nicht schön, dafür traf man
immer Bekannte: Maler, Bildhauer, Leute vom
Theater – wer in Athen etwas gelten wollte,
war mittags in der Tonne. Zuweilen kam sogar
Platon auf einen Kaffee. Meist saß er an einem
Tisch in der Nähe der Tür: die Beine überei-
nander geschlagen, die goldene Brille in die
Stirn geschoben, rauchte er ein Zigarillo und
blätterte in einem der Bücher, die er gerade
nebenan im Buchladen abgeholt hatte.

Tauchte Platon in der Tonne auf, drehte sich
Diogenes zur Wand. Beide konnten einander
nicht ausstehen: Diogenes hielt Platon für
einen machtgierigen Aasgeier. Und Platon,
wußte man, nahm Diogenes nicht ernst. Daß
er die Idee von einem Staat nach dem Vorbild
der Natur, in dem alle Menschen gleich sind
und der deshalb ohne Zwang auskommt, als
„Schweinestaat" abgetan hatte, verzieh Diogenes ihm nie.

Die Natur, meinte Diogenes, habe jedem
Menschen einen Körper gegeben, der eigent-
lich vollkommen für ihn ausreiche: Beine zum
Gehen, Arme zur Arbeit, Augen zum Sehen
und Verstand, um sich Nahrung zu schaffen.
Trotzdem leben die Tiere, obwohl sie die

meisten dieser Vorzüge nicht haben, fröhlicher, sind gesünder und stärker, denn sie jagen keinem Reichtum nach und erwarten sich von der Zukunft nichts Besonderes.

Für nachgerade wider die Natur hielt Diogenes das zeitige Aufstehen. Deshalb gab er auch, nachdem er sich mehrere Tage als Steinmetz versucht hatte, vor einigen Wochen das Arbeiten endgültig auf. Diogenes kam schließlich fast ohne Essen aus und trug irgendwelche Kleidung, die ihm gerade paßte. Manchmal konnte man ihn noch bei Schnee in Sandalen herumlaufen sehen, weil es ihm zu aufwendig schien, neue Schuhe zu besorgen: Der Körper müsse auch Härten ertragen, erklärte er.

Luxus. Einmal schlief Diogenes gleich auf der Wiese vor der Tonne, bis ihn am nächsten Morgen die Hunde weckten. Seit diesem Tag behauptete er, es gäbe keine bessere Ruhe, als den Schlaf auf unbedeckter Erde.

NEUN

Aristipp hatte den Einfall, an den Festspielen teilzunehmen. Diogenes, der mit seinen eigenen Texten wenig Glück hatte, war sofort begeistert.

Nachdem keiner seine Dramen aufführen wollte, ging Diogenes dazu über, Stücke zu schreiben, die niemand aufführen konnte: Grotesken, in denen man sich gegenseitig auffraß, was nur natürlich sei, wie Diogenes meinte, indem er sich den Bart kratzte, da letztlich alles aus denselben Stoffen bestehe: Kohlenstoff, Wasser – und auch die nur aus Atomen. Und wenn Athen weiter so aus dem Leim gehe, werde wohl gar keine andere Lösung übrigbleiben. Da er auch mit diesen Werken keinen Erfolg hatte, entdeckte Diogenes, daß Ruhm etwas Verwerfliches ist.

Zum Beweis, daß es eine Freude ist, in Athen zu leben, gab es ständig Wettkämpfe, Festspiele und Feiern. Auf der Akropolis begann der Putz zu bröckeln. Die Löcher in den Straßen erreichten die Größe von Rädern. Wer Pech hatte, dem fiel in der Altstadt die Decke auf den Kopf. – Aber während die Fassade blätterte, feierte Athen seine Feste.

ZEHN

Hier in der Tonne war Diogenes bekannt wie ein bunter Hund. Einmal hatte ihn die Polizei irgendwo in räudigem Zustand aufgelesen. Als er am nächsten Morgen in der Zelle gefragt worden war, wo er wohne, hatte Diogenes die Tonne angegeben.

Draußen herrschte inzwischen ziemliches Gedränge. Für den Nachmittag war auf der Akropolis eine große Kundgebung angesagt: Lynkeus, der ehedem auf den Reisen der Argo mitsegeln durfte, weil er so scharfe Augen hatte, daß er durch die Erde sehen konnte, war in der Stadt. Schon seit Tagen stand nichts anderes mehr in den Zeitungen, und an jeder freien Säule klebten Plakate: Lynkeus, mit stechendem Blick. Zwar wußte keiner genau, worin eigentlich sein Verdienst bestand, aber daß Lynkeus damals dabei war, um das Goldene Vlies heimzuholen, reichte wohl aus als Grund für Ruhm. – Obwohl fast jeder diese Art von Feiern albern fand, gingen doch die meisten immer wieder hin. Man mußte schon kräftig gegen den Strom schwimmen, um nicht mitgerissen zu werden.

Wenn erst wir Frauen an der Macht sind, spottete Hipparchia, ist sowieso Schluß mit solchem Unfug. Dabei funkelten ihre Augen.

Tagsüber kugelten sie übermütig durchs Gras oder lagen im warmen Sand. Da sie zwei Gesichter hatten, sahen die Kugelrunden nicht nur, wo sie hinrollten, sondern auch, was sie zurück ließen. So waren sie an jedem Platz zufrieden.

Hipparchia war die jüngste von fünf Schwestern, die allesamt grünäugig wie die Katzen waren. Kaum, daß sie jeden begrüßt hatte, kam sie auf ihr Lieblingsthema. Streit oder gar Krieg würden, wenn die Weiber regierten, im Bett ausgetragen. Dann gäbe es wenigstens keine Verlierer.

Auch die Armee bräuchte nur noch mit den Waffen der Frauen umgehen zu können, meinte Krates, und müßte ihren Dienst bei ungeliebten Damen leisten.

Für Diogenes war das alles kein Thema. Er hatte sich zurückgelehnt, die Arme vor der Brust verschränkt und sich eine von seinen „Sparta" angesteckt – eine Sorte, die im Sommer gut gegen Mücken war; und die außer ihm keiner rauchte, was den Vorteil hatte, daß ihn auch keiner um Zigaretten anschnorrte.

Großmut. Wenn Diogenes Zigaretten schnorrte, sagte er immer: Heute schon eine ausgegeben? – Gib mir auch eine. Falls nicht: Fang mit mir an!

ELF

Die Festspiele standen, wie jedes Jahr, vor der Tür: drei Tage voller Umzüge, Musik, Theater. Drei Komödien würden es auf die Bühne schaffen und ein paar Tragödien.

Einige Aufführungen sollten in Piräus über die Bühne gehen, im neu gebauten Forum. Sonst war das ganze Jahr über nicht viel los in der Vorstadt: Früh verließ man das Gehäuse und verkroch sich abends wie ein müdes Tier wieder im Bau.

Wie alles, was in Athen gespielt oder gesungen werden sollte, brauchte auch unsere Komödie eine Genehmigung. – Für die Genehmigung brauchten wir drei Kopien des Manuskripts. Für die Kopien brauchte ich eine Erlaubnis von Platon, denn nur in der Akademie gab es einen Kopierer.

Obwohl ohne Titel, hatten wir das Stück „Die Wellen" genannt, denn zwischen den Dialogen tanzten als Wellen Maskierte über die Bühne …

Unsere Komödie spielte auf einer Insel, in sehr früher Zeit. Hier lebten kugelrunde Menschen mit vier Armen und vier Beinen: Wollten sie rasch irgendwo hin, brauchten sie nur Arme und Beine auszustrecken und konnten dann in jede Richtung rollen – etwa

so, wie wir ein Rad schlagen. – Sogar Platon,
der die Kugel für den vollkommensten Körper
hielt, gefiel diese Geschichte.

Broterwerb. Diogenes, einen Kohlkopf un-
term Arm, und Platon begegneten einander
auf dem Markt. Hättest Du gelernt, Dich mit
Suppe zu begnügen, bräuchtest Du dich nicht
vor den Mächtigen verbiegen, rief Diogenes.
Worauf Platon erwiderte: Hättest Du gelernt,
mit Menschen umzugehen, müßtest Du keinen
Kohl fressen!

ZWÖLF

Diogenes hatte sich in den Gedanken verbissen, Platon habe unseren Auftritt verhindert.

Zwar mußte eine Aufführung damals noch genehmigt werden, doch die Zeiten, als einem einfach das Reden verboten wurde, waren inzwischen vorbei. Platon galt außerdem als Nachfolger von Sokrates. Immerhin hatte er die Rede, die Sokrates vor Gericht gehalten hatte, in die Presse gebracht.

Als er nach Athen zurückkam und die Akademie gründete, war Platon überzeugt, daß der Staat von Gebildeten geführt werden müsse: Schließlich kann auch nicht jeder Bierkutscher ein Schiff steuern.

Viele, die von den Schulen, wo die ganze Kunst aus klugem Geschwafel bestand, die Schnauze voll hatten, kamen in die Akademie. Anfangs war das kühn, denn man zeigte, indem man sich auf Sokrates berief, seinen Trotz, bis es schließlich Mode wurde, jede eigene Plattheit mit der Floskel aufzuputzen: wie schon Sokrates sagte.

Warum also hätte Platon unser Stück verhindern sollen?

DREIZEHN

Irgendwann am Nachmittag tauchte die Frage auf, wer eigentlich die dritte Flasche bezahlen sollte, die inzwischen auf dem Tisch stand. Hipparchia sah giftig auf Diogenes. Ihre Augen begannen, grün zu sprühen …

Ihm sei das egal, meinte Diogenes großmütig. Er habe diesen Dingen entsagt. Geld sei doch nur dazu geschaffen, Gewalt über Menschen zu gewinnen. Wenn er an die Macht komme, würde nur noch mit Knochen bezahlt: Zumindest, solange man wie ein Hund arbeiten muß, um halbwegs wie ein Mensch zu leben.

Und Krates, schon reichlich rund, erzählte wieder einmal die Story von seinem Vater, der sein ganzes Leben nur gespart hatte und am Ende so gierig wurde, daß er aus Angst, es könne gestohlen werden, sein Geld verschluckte und daran erstickte.

Vom ersten Sonnenstrahl bis zur Abendröte glich jeder Tag auf der kleinen runden Insel jedem anderen und war eigentlich nur ein einziger großer Tag. Da noch keine Zeit herrschte, kannten die Kugelrunden auch kein Alter. Den Göttern aber, die sich überflüssig fühlten, war das ein Ärgernis.

DIE TAVERNE

EINS

Der Tag war wie eine runde Insel. Ich lief nach Piräus, zu Fuß, am Ufer entlang. Ich lief über die Wiesen, an den blühenden Pappeln vorbei. Ich lief durch das nasse Gras, grün wie ihre Augen.

Dampf lag auf dem Fluß, den wir alle nur Lethe, den Strom des Vergessens, nannten, weil er Zuflucht war für Lebensmüde und überdies alle Abflüsse der Stadt aufnehmen mußte. Obwohl er so lächerlich schmal war, schien es im schrägen Licht, als trenne er zwei Welten. Bald, wie jedes Jahr, würde Lethe wieder über die Ufer treten.

Vom Berg aus gesehen, erscheint Piräus wie aus lauter Schachteln aufgereiht, im Unterschied zu den krummen, verwinkelten Gassen und den verschachtelten Häusern in Athen.

Auf der Straße war, wie jeden Morgen, schon dichter Verkehr. – Während die Vorstädter nach Athen zur Schicht fuhren, ging ich erst einmal ins Bett. Gegen Mittag würden wir uns in der Tonne treffen. Oder in der Schenke. Oder am Abend in der Höhle.

ZWEI

Sechs Tische standen im Gastraum. Drei an der Wand, gegenüber Tür und Tresen. Der lange in der Mitte unter dem Trinkhorn. Einer eingerückt in die Nische zwischen Keller und Latrine. Am runden Stammtisch in der anderen Ecke saß wie jeden Abend Prometheus und führte lästerhafte Reden.

Runden Tischen wird nachgesagt, den Gästen besonders angenehm zu sein. An diesem saßen immer dieselben Zecher: Herakles, das Riesenbaby, für den jeder Stuhl zu niedrig war, der hinkende Hephaistos mit ein paar Kollegen aus den Vulkanos-Werken, und Prometheus.

Früher einmal war Prometheus ein berühmter Techniker. Er hatte eine bedeutende Entdeckung gemacht. – In seinem Ehrgeiz ließ er sich dann aber in unsaubere Geschäfte ein, wurde aus dem Betrieb gefeuert und mußte einige Jahre an den Kaukasus geschmiedet verbringen. Seitdem sitzt er jeden Abend bei Bakchos in der Taverne, und der Schnaps zerfrißt ihm mit scharfem Schnabel die Leber.

DREI

War seine Frau zu Hause, zog Aristipp um in die Schenke. Oft traf man ihn dann schon am Mittag bei Bakchos. Aristipp hatte seinen berühmten Pullover an, der verblüffend einem Kartoffelsack ähnelte. Dieser Fetzen schien das einzige Stück Kleidung, in dem er sich richtig wohl fühlte, obwohl er darin aussah wie ein Bettler.

Komischerweise kleidete ihn jedes Tuch. Und mit der Kleidung verwandelte sich Aristipp: Immer hatte er das passende Kostüm zur jeweiligen Kulisse. Und jede Rolle schien ihm auf den Leib geschneidert. Jedenfalls bewegte er sich auf Parkett mit der gleichen Sicherheit, wie hier auf schlüpfrigem Boden.

Bakchos, der Wirt, stellte zwei halbe Liter auf das zerschrammte Holz: Ein leeres Glas, meine Herren, sagte er mit einem Grinsen, ist immer eine Bestellung!

Auf seinen Titel als Wirt legte Bakchos größten Wert. Wer es wagte, ihn „Kellner" oder, schlimmer noch, „Herr Ober" zu rufen, durfte gleich wieder gehen. – Bakchos, dessen Vater ein bocksbeiniger Faun gewesen war, und der selbst ein wenig hinkte, erstarrte dann, den Kopf zum Angriff gesenkt: Diese Plätze sind für meine Gäste. Ein sumpfiges Lächeln wanderte über sein breites, rundes Gesicht: Dies ist eine Taverne. Wir führen keine Milchgetränke. Und ich bin hier der Wirt!

Und die Nymphen, fragte Bakchos, an Hipparchia und Lais gewand: Womit darf ich die Nymphen verwöhnen? – Beide bestellten sich ein Glas Wein. Krates, der seinen Kater kurierte, hatte wohl keine Lust gehabt, mit seiner Katze um die Häuser zu ziehen.

Weil wir uns nur selten wirklich Wein leisten konnten, tranken wir meist den, der aus Gerste gemacht wird. – Eine miese, blaßgelbe Brühe, die mit dem Wasser des Lethe gebraut wurde. Nach reichlichem Genuß konnte man sich deshalb am folgenden Morgen meist an nichts mehr erinnern.

Mäßigung. Man müsse nun wirklich nicht jedes Rätsel lösen, meinte Aristipp. Die ungelösten bereiteten doch schon genug Probleme!

VIER

Bis auf Platon, der sich an diesem Tag krank
fühlte, waren alle Schüler bei ihm im Kerker,
als Sokrates den Schierling trinken mußte.
Sokrates selbst war guter Stimmung. Sogar
das Nachlassen des Schmerzes im Bein, als
man ihm endlich die Ketten abnahm, genoß
er als angenehme Folge der Fessel.

Am Abend, nach dem Tod des Sokrates,
verließen fast alle seine Anhänger die Stadt.
Einige haben Athen nie wieder betreten.

Aischines aber, den Sokrates aus der Gosse
geholt hatte, war der einzige, der wirklich
versucht hat, nach der Lehre des Meisters zu
leben. Er nahm sich der Witwe und der drei
Kinder an. – Aus ihnen ist leider nichts besseres
geworden, als meist in solchen Fällen: dumme
Söhne eines berühmten Vaters.

Und lieber hat sich Aischines später seine
Brötchen dürftig verdient, durch Schreib-
arbeiten und indem er Stunden gab, als dem
toten Sokrates Dummheiten in den Mund zu
legen, wie es alle anderen taten.

Um die meisten Schüler des Sokrates aber
ist es still geworden. Etliche sind im Ausland
geblieben, einige haben sich in unauffällige
Berufe geflüchtet: verbitterte alte Männer.
Einzelne haben über ihre Erinnerungen an

*Jener, der als erster
wieder zu Sinnen
gekommen war,
begann, die Verzagten
aufzurütteln und
anzutreiben: Er teilte
die nötigen Arbeiten
ein, schlichtete bald
aufflammenden Streit.*

Sokrates geschrieben – Bücher, die niemand braucht. Staubfänger in den Buchläden.

Nur Platon hat den Bogen geschafft, indem er das, was er für wahr und richtig hielt, genau dann aussprach, wenn es gerade nicht mehr gefährlich war. Trotzdem erntete er dafür Ruhm, denn er war noch immer der erste, der dazu den Mut aufbrachte.

Lob. Schmeichler, meinte Diogenes, sind wie Schnaps: Sie verwirren die Sinne und fressen lebendigen Leibes deine Leber.

Vermögen. Viele Fähigkeiten und Fertigkeiten zu besitzen, ohne ständig davon Gebrauch zu machen, hielt Diogenes für wahren Reichtum: Sei ein Redner, doch übe das Schweigen. Sei ein Reisender und entdecke die Nähe. Sei ein Krieger, aber kämpfe mit dir!

FÜNF

Es stimmt schon, daß wir damals in eisernen Jahren lebten. Aber während die Alten von vergangenen, goldenen Zeiten schwärmten, wußten wir, daß eine bessere Zeit erst noch kommen würde.

Natürlich glaubten wir nicht an Flüsse von Wein, Milch und Honig. Aber daß einmal der Tag käme, an dem es keine Krankheiten mehr gäbe, die Werkzeuge von selbst arbeiten und die Arbeiter derweilen Sport treiben, Musik hören oder Bilder malen würden, war ganz klar. – Wozu denn sonst die ganze Mühe?

Wir wußten aber auch: Es wird noch viel Wasser bis dahin in den Lethe fließen.

Ohne sich dessen bewußt zu sein, liebten sie weiterhin die runden Formen: Sie aßen an runden Tischen, tranken aus runden Bechern, und das Brot, von dem sie schnitten, war rund.

Falsche Sparsamkeit. Er werde, sagte Diogenes, der jeden Groschen sofort ausgab, sowieso alle geltenden Werte ummünzen. Dann seien auch die geltenden Münzen nichts mehr wert.

Sport. Seltsam, meinte Diogenes, die Menschen veranstalten Wettkämpfe im Prügeln und Rennen, aber keine in Gesundheit und Verstand.

Späte Rache. Über einen erfolglosen Boxer, der jetzt als Arzt praktizierte, sagte Diogenes: Nun wird er alle umbringen, die ihn früher besiegt haben!

Falsche Herkunft. Diogenes wurde Zeuge, wie ein Vater sein Kind schlug, weil es einen Kratzer in den Autolack gemacht hatte. In Athen möchte man ein Auto sein, sagte Diogenes, bloß kein Kind!

Unterschied. Als Diogenes von einem Konzert kam, wurde er gefragt, ob viele Menschen dagewesen seien. – Viele schon, antwortete Diogenes, Menschen kaum!

SECHS

Aristipp war gerade wieder einmal mit Diogenes verkracht: Am Vorabend hatte der blöde
Hund drei Weinflaschen, die sie eigentlich
noch gemeinsam trinken wollten, auf dem
Heimweg nach Aristipp geworfen. – Vor allem
ärgerte Aristipp der vergeudete Wein.

Schulterlange schwarze Haare, seine
scharfe Nase und der spitz auslaufende
dunkle Bart – Aristipp, so verärgert wie jetzt,
sah aus wie ein übler Pirat. Lais, die neben
ihm saß, hatte ihren Kopf mit den dunklen
Locken an seine Schulter gelehnt.

Wenn er betrunken war, benahm sich
Diogenes manchmal wirklich wie tollwütig.
Was ihn gestern in Wut versetzt hatte, konnte
Aristipp, der auf das Schleppen von Flaschen
stets freiwillig verzichtete, auch nicht mehr
sagen. Mehr noch als der vergeudete Wein
aber ärgerte es Aristipp, daß Diogenes den
zerscherbelnden Flaschen noch nachgerufen
hatte: Wirf weg, was zuviel ist!

Raritäten. Einmal kam Diogenes am hellen
Mittag mit einer brennenden Laterne in die
Tonne. Er leuchtete jedem ins Gesicht und
behauptete, er suche einen Menschen.

SIEBEN

Manchmal, wenn Aristipp völlig abgebrannt war, verkaufte er, um das Bier bezahlen zu können, sogar das eine oder andere seiner Bücher.

So war ich in den Besitz der Schriften von Protagoras gekommen, dessen Spruch „Der Mensch ist das Maß aller Dinge" damals in keiner wichtigen Rede fehlte, dessen Bücher aber aus allen Bibliotheken verschwunden waren. – Ehemals ein hochangesehener Philosoph, war Protagoras in Ungnade gefallen, als er nicht mehr glauben konnte, was man zu glauben hatte. Trotz seiner guten Beziehungen entging Protagoras nicht dem Prozeß, wurde verurteilt und ertrank auf der Flucht.

Es komme schließlich nicht darauf an, viel zu lesen, behauptete Aristipp. Mancher Gelehrte habe auch ein Bücherbrett vor dem Kopf. – Kein Wunder, daß er wegen des teuren Weins sauer war auf Diogenes. Die beiden würden ein paar Wochen lang die Straßenseite wechseln, sollten sie einander begegnen. Bis sie sich zufällig zur Mittagsstunde in der Tonne trafen. Und dann war immer nur ein Stuhl frei …

Wenn es ihm Spaß bereitete, konnte er an einem Abend sein ganzes Geld verprassen.

Das Glatte, Kantige aber, das an den Schnitt erinnerte, der sie entzweit hatte, erregte künftig ihre geheime Furcht und gewann über sie Gewalt.

Luxus, meinte Aristipp, ist ein Zeichen freier Männer. – Im Gegensatz zu den meisten Athenern, die darauf warteten, irgendwann einmal gut zu leben, fanden wir: Geld ist zum Ausgeben gut. Die meisten Athener aber häuften es bloß an und hinterließen es dann ihren Kindern. – Nur, etwas Nützliches damit anzufangen, dieses Wissen vererbten sie ihnen nicht. Sparsamkeit, sagte deshalb Aristipp, sei das Merkmal von Sklaven.

Gepäck. Auf den Wegen des Lebens, meinte Aristipp, der das Angenehme als Maß aller Dinge ansah, zählt nur ein Motto: Wirf weg, was zuviel ist. Trage nur, was Du kannst.

Geiz. Einmal hatte Aristipp im Antiquariat ein Buch für fünfzig Mark gekauft. Diogenes verabscheute solchen Luxus. Als er Aristipp deswegen tadelte, fragte ihn dieser: Hättest Du es für fünf Mark erworben? – Dann schon, antwortete Diogenes. Worauf Aristipp erwiderte: Also beklagst Du nicht den Luxus, sondern seine Kosten!

ACHT

Alle liebten wir Lais. – Selbst Aristipp, der es für ziemlich bedenklich hielt, mehr als zweimal mit derselben Frau zu schlafen, hat sein schönstes Gedicht für sie geschrieben: Lais in den Spiegeln. Obwohl er verheiratet war, und obwohl er immer behauptete, er besitze sie zwar, sei aber nicht von ihr besessen ...

Warum soll ein Mann nicht auch zwei Frauen lieben können? Oder eine Frau mehrere Männer? Eigentlich ist es doch armselig, sich nichts anderes vorstellen zu können, als eine Frau, mit der man schläft, auch besitzen zu müssen.

Diogenes fand die Ehe ohnehin albern und wider die Natur. Wenn schon, meinte er, sollte man die häßlichsten Frauen heiraten: von denen würde man dann wenigstens geliebt. – Was seine Abenteuer betraf, war Diogenes, dem die Frauen nicht gerade nachliefen, besonders empfindlich. Dem Frierenden ist bekanntlich jeder Wind kalt ...

Jedes Jahr im Sommer fuhr Aristipp, der eine Menge Geld für sie ausgab, zwei Monate lang mit Lais ans Meer. Eigenartig: Keiner von uns war eifersüchtig. Genauso gut schlief Lais ab und an auch mit anderen, sogar mit Diogenes, von dem sie keinerlei Geschenk

Da sie beiderlei Geschlechts gewesen waren, merkten die Halbierten nun, was ihnen abhanden gekommen: Sie warfen sich aufeinander, immer wieder, drangen ineinander, umschlangen sich mit ihren vier Armen und vier Beinen und suchten so den Schnitt zu vergessen.

annahm. Lais, die hin und wieder für Maler und Bildhauer Modell stand, war auf unser Geld auch gar nicht angewiesen.

Wir liebten Lais, und Lais liebte die Liebe: Es bereitete ihr Lust, Lust zu bereiten. Ihr warmes Lachen wehte dann über das Laken oder über die Wiese ... – Die Liebe sollte zu den schönen Künsten zählen. Alle reden über sie wie Kenner, aber wenige verstehen sich wirklich darauf. Lais war Künstlerin.

Heute ist Lais verheiratet, vergeudet ihr Talent in einer lustlosen Ehe und tröstet sich mit der Erziehung ihrer Kinder. Sollte nicht ein anderes Leben möglich sein, als in der Familie zu verkümmern? – So ist der ganze Staat ein einziges Gefängnis, und die Familie ist die kleinste Zelle.

Heirat. Diogenes, der die Ehe für wider die Natur hielt, antwortete auf die Frage, wann ein Mann denn heiraten solle: Wenn er jung ist, noch nicht. Wenn er alt ist, nicht mehr.

NEUN

Bald, da nun von doppelter Anzahl, wurde den Halbierten die kleine Insel zu eng. Wenn zwischen den Hütten frische Fische und saftiges Obst gehandelt wurden, blieb kaum freier Raum zur Rast. Und sie sannen auf neue Plätze für ihre Dächer.

Wieso sollten eigentlich nicht anstelle der alten, grauen Männer einmal die jungen blonden Frauen die Gesetze machen?

Wenn erst wir Frauen an der Macht sind, stichelte Hipparchia, die bisher schweigend am Tisch gesessen hatte, ist sowieso Schluß mit dem Unfug: Dann gehört allen alles gemeinsam, und schon gibt es keinen Grund mehr für Streit oder Krieg. Jeder besteigt die Frau, die ihm gefällt, und jede Frau greift sich den Schwanz, der ihr paßt.

Die Etrusker zum Beispiel, sagt man, haben ihre Frauen gemeinsam und kennen auch kaum Eifersucht. Da bei ihnen keiner irgendein Vorrecht hat, kommt auch kein Neid auf.

Auch die Frauen legen sich einfach zu den Männern, die ihnen gefallen. Ihren Kindern, wenn sie etwas größer sind, wird dann der als Vater zugesprochen, dem sie am ähnlichsten sind.

ZEHN

Entweder war der Schluß verlorengegangen, oder Aristophanes war nichts mehr eingefallen: Jedenfalls brach das Stück ab, als die Halbierten begannen, Schiffe zu rüsten, um sich die Welt zu erobern.

Wie es weitergehen sollte, wußten wir auch nicht. Die Zerschnittenen wieder zusammenfinden lassen? – Zu albern. Das Theater aber wollte unbedingt einen optimistischen Schluß. So könne das Stück unmöglich auf die Bühne!

Selbst Aristophanes konnte seine Komödien nur noch im kleinen Kreis aufführen, seit er einmal beim Festival, als viele auswärtige Gäste in Athen waren, die Verschwendung der Steuern, die aus den verbündeten Städten gepreßt wurden, bloßgestellt hatte. Wozu brauchte Athen unbedingt eine Akropolis?

Es gab einen Skandal. Die Städte weigerten sich, weiterhin Steuern zu zahlen, weil sie nicht einsehen wollten, daß ihr Geld, statt für die Ausbesserung der Straßen, dringender für Prunkbauten benötigt wurde.

Aristipp hatte wirklich Kostüme aufgetrieben. Und in Piräus gingen mit viel Bier die ersten Proben über die Bühne. Schließlich erschien das Programm: Die Konzerte. Die

Komödien. Die Tragödien. Umzüge und Ausstellungen ...

Es habe kein Manuskript vorgelegen für eine Entscheidung. Ein paar Dialoge reichten nicht aus für die Zulassung zum Festival. – Die Antwort vom Amt war knapp und freundlich. Und außerdem: Daß Aristophanes der Autor sei, bräuchte Belege: wegen der Rechte. Und das nachgereichte Exposé, leider: zu spät.

Zuletzt steckten etliche Nächte Arbeit und einige Kästen Bier in dieser traurigen Komödie.

Verfehlte Therapie. Aristipp hielt Politik für eine schwere geistige Krankheit. Als ein hoher Beamter ihm vorwarf, Athen habe von Aristipp keinen Nutzen, antwortete er: Leider. Sonst wärst du längst geheilt!

Raubtiere. Im Zoo hatte Diogenes keinen Blick für Bären, Löwen und Tiger. Was er denn suche, wurde er gefragt. Die Bonzen, antwortete Diogenes, die Bonzen!

Es gibt Leute, die auf nichts so stolz sind, wie auf den Besitz vieler Trinkgefäße. Auch bei Bakchos stand der ganze Schrank hinter der Theke voller Gläser – viel mehr, als Gäste in der Schenke Platz finden könnten. Und von der Decke, mitten im Raum, hing das große Trinkhorn.

Neben der Tür auf einer Tafel standen mit Kreide die Speisen angeschrieben. Gegen Abend kam Ariadne, nickte den Gästen zu und verschwand in der Küche. Bald drang der Geruch frischer Bratkartoffeln durch Rauch und Bierdunst. Meist stimmte um diese Zeit einer das erste Lied an, und bald sang die ganze Schenke.

In seltenen Fällen nahm Bakchos dann das Horn von der Decke, füllte es mit Wein und ließ es herumreichen. Später, wenn sie Kasse gemacht hatte, setzte sich Ariadne dazu und schwärmte von ihrer Jugend, als sie die Geliebte so eines Helden war, den sie auf Kreta umgarnt hatte und der sie auf der Heimreise sitzenließ.

Als Zeichen höchster Gunst galt, Ariadne um die Hüften fassen zu dürfen. Schon möglich, daß sie einmal eine umworbene Schönheit war. Jedenfalls brauchte man jetzt einen ziemlich langen Arm dafür.

Sie begannen, Hütten zu bauen mit eckig geschnittenen Wänden und Böden. Spitze, schräge Dächer mit scharfem First überspannten die entstandene Höhlung. Winkel und Kanten gaben fortan den Häusern der Halbierten die Form.

ZWÖLF

Reichtum konnte keiner mit Arbeit erwerben. Aber zu leben wie wir, ohne auch nur einen Groschen zu verdienen, schien natürlich verdächtig. Auch Aristipp hatte schon einige Vorladungen erhalten. Aber wie ein Banause sein Geld mit den eigenen Händen zu verdienen, wäre ihm nicht im Traum eingefallen: Arbeit, meinte Aristipp, ist nur dann eines Mannes würdig, wenn er nicht dazu gezwungen ist, sondern sie wie einen Dienst für die Liebe pflegt – freiwillig und mit Lust.

Wer es selber verdienen muß, hängt bloß am Geld und kennt nichts Besseres, als dem Reichtum nachzurennen, den er doch nie einholt.

Hin und wieder freilich gingen wir doch nachts in die Vulkanos-Werke, wo die Asche vom Himmel regnete, die Öfen zu heizen. Und Aristipp gab ab und zu Stunden. Gerade war wieder einer der Schüler abgesprungen, weil Aristipp von der betuchten Familie fünfhundert Mark im Monat wollte. Dafür, meinte der erboste Vater, könne er einen Lehrer kaufen! – Dann kauf dir einen Sklaven, hatte Aristipp ihm entgegnet. Und bald wirst du zwei haben.

Aristipp, der mit beiläufiger Geste das frische Bier antrank, das Bakchos gerade gebracht hatte, gab niemals Stunden ohne ordentlich Geld zu verlangen. – Nicht, wie er immer betonte, weil er es nötig habe. Sondern, damit seine Schüler lernen sollten, wofür es sich lohnt, Geld auszugeben.

Vor allem Diogenes, obwohl er seit einigen Wochen nicht mehr arbeitete, habe ich öfter die Arbeit als Abhärtung loben gehört. Immerhin hatte er sich einmal mehrere Tage lang als Steinmetz versucht.

Job. Einmal wurde Diogenes aufs Amt bestellt und gefragt, welcher Arbeit er nachgehe und was er überhaupt könne, worauf Diogenes antwortete: Menschen beherrschen! – Ob die Stadt einen Tyrannen einstellen wolle?

Ehrliche Arbeit. Einem miserablen Straßenmusiker gab Diogenes seine letzten Groschen: Besser, er verdient ehrlich sein Geld, als Policen zu verkaufen oder Prozesse zu führen.

DREIZEHN

Am Morgen nach einem Trinkgelage bei Platon waren immer alle in bester Verfassung. Bei Bakchos hingegen haben wir regelrechte Wettkämpfe im Fressen und Saufen ausgetragen, bis Krates auf dem Heimweg jeden Baum grüßte.

Wenn die Medizin auch behauptet, berauschende Getränke seien der Gesundheit abträglich, so lebten wir doch die Theorie, daß sie, in ausreichenden Mengen genossen, den Körper durchspülen und reinigen, also Arzneien sind. Wie bei guten Arzneien üblich, fühlten wir uns am nächsten Tag meist ziemlich krank.

Besonders viele Kranke gab es nach großen Festen in der Höhle. Einmal sogar hatte Platon selbst, als er morgens vor gähnendem Saal stand, seine arglosen Schüler aus den Betten geholt.

Vielleicht hatte Platon anfangs wirklich gehofft, seine Schüler würden lernen, mit Kenntnis und Verstand Politik zu treiben — während die meisten doch nur klug zu reden lernten und mit Erfolg die eigenen Geschäfte betrieben.

An dem Morgen jedenfalls dürfte ihm gedämmert haben, daß mit diesen Schülern

Mit dem Schnitt aber, der sie entzweit hatte, war etwas geschehen ohne Umkehr, denn die Hälften verheilten nicht wieder zum runden Ganzen. Und das Geschehene teilte ihr Leben fortan in ein Vorher und ein Danach. Und sie nannten es Zeit.

kein Staat zu machen war. Ich jedenfalls schlief
auch lieber aus und ging dann gleich in die
Tonne, statt den ganzen Tag auf hartem Holz
im Seminar zu sitzen.

Wir waren die letzten Gäste. Bakchos
brachte uns zur Tür. Ein schmieriges Grin-
sen zog sein Gesicht noch breiter: Beehren
Sie mich bald wieder, meine Herren, sagte
Bakchos, und bringen Sie die bezaubernden
Nymphen wieder mit!

DIE HÖHLE

EINS

Vom Eingang, an dem meist ein unglaubliches Gedränge herrschte, und einer kleinen Vorhalle führte eine steile, glitschige Treppe hinab zu den Grotten. Von der untersten Stufe aus konnte man durch einen breiten Gang, in dem Bänke und Tische standen, in die Haupthalle sehen, wo vor der Bühne, im Licht der Scheinwerfer nur noch als Schatten erkennbar, bereits eine wogende Menge auf Orpheo wartete.

Wir gingen vor der Bühne gleich nach links, zur Theke. Am Tresen stand Orpheo und trank Bier. Fast alle hier kannten zwar seine Lieder, aber kaum jemand kannte Orpheo. Kaum jemand hatte ihn schon einmal auf der Bühne gesehen. Orpheo hatte glatte, schulterlange Haare und ein volles, weiches Gesicht. In seinem weiten Hemd, das eher an einen Kittel erinnerte, und den verwaschenen Jeans fiel er unter den anderen Trinkern am Tresen nicht einmal auf.

Sie vergaßen. Und schon ihre Kinder konnten sich kaum noch vorstellen, daß es einmal anders gewesen war: Zwar schmerzte auch sie zuweilen die fehlende Hälfte, doch verstanden sie dieses Gefühl nicht mehr. Und sie begannen, den Mangel durch Schmuck und mit Spielen zu betäuben.

ZWEI

Wer heute vor Mitternacht kommt, findet die Höhle verlassen. Einzelne Trinker sitzen mit ihrem Bier in den Nischen. Rauchen. Reden leise. Jeder Schritt, jeder Laut scheint zu stören.

Wenn Orpheo heute ein Konzert gibt, dann tritt er im Theater auf: Plakate verkünden sein Kommen, das Radio berichtet. In den Zeitungen übertrumpfen einander die Kritiker. Trotzdem: Kein Auftritt ist jemals wieder so gewesen, wie damals in der Höhle, als noch Mut dazu gehörte, öffentlich Orpheos Lieder zu singen.

Das Konzert stand nicht im Programm. Es gab kein Plakat. – Trotzdem war die Höhle voll, vor der Bühne trat man sich schon auf die Füße. Totschweigen war die beste Werbung: Das sprach sich herum, zuerst in der Tonne, dann in der Akademie. Schließlich wußte es ganz Athen. Das sicherste Zeichen für Langeweile hingegen war das Lob der Zeitung: Etwas Schlimmeres konnte einem Künstler nicht passieren, als der Beifall der Presse.

Orpheo spielte göttlich Gitarre: Seinen Liedern konnte man lauschen. Oder tanzen zu ihrem Rhythmus. Krates vollführte vor der Bühne groteske Rituale: Wie ein balzender

Vogel stolzierte er um seine Katze. Er hielt die Arme in der Luft ausgebreitet und wedelte mit den Händen. Mitten im Gedränge flatterte Krates mit geschwollenem Kamm über die glitschigen Steine.

Morgen würde er seinen Ranzen packen und wieder losziehen. Meist war er dann das ganze Jahr unterwegs und wohnte bei Freunden, die ihn gern aufnahmen, weil jeder Ärger sofort verflog, wo Krates auftauchte. – Warum also in Athen leben? – Jedes Haus der Welt steht mir offen, meinte Krates: Ich bin Bürger der Welt.

Behausung. Ein hoher Bonze besuchte die Akademie. Eskortiert von Polizei, entstieg er seiner noblen Staatskarosse. – Diogenes sah es mit Mißfallen und meinte: Dieser Käfig paßt nicht für die Bestie!

DREI

Als Orpheo das erste Mal, es war ein heißer, öder Sommer, in der Höhle singen wollte, herrschte Aufregung im Amt: Irgendwer hatte von irgendwem gehört, daß Orpheos Texte nicht gerade griechischem Geist entsprächen.

Sobald es mehrere Tage regnete, begann in der Höhle das Wasser von der Decke zu tropfen. Eine Weile konnte man dem mit Lappen und untergestellten Eimern begegnen. Wenn aber der Regen zu lange anhielt, mußte die Höhle dichtgemacht werden, weil man dann nur über einen schmalen Brettersteg noch trockenen Fußes von einer Grotte zur nächsten gelangen konnte.

Ein paar von Platons Schülern hatten Orpheo zu einer Party eingeladen. Nichts Öffentliches. Trotzdem: Am Abend war die Höhle geschlossen. – Es sei Wasser eingetreten, ließ ein Zettel am Zugang wissen.

Später, als Orpheo, inzwischen längst berühmt, wieder einmal in der Höhle auftreten wollte, troff von der Decke auch wirklich Wasser. Aber es waren Bretter ausgelegt worden, und in der höchst gelegenen Grotte, die meist trocken blieb, konnte das Konzert trotzdem stattfinden.

VIER

Diogenes meinte, man müßte in einem Staat
nach dem Vorbild der Natur leben, in dem
alle gleich sind und Brot, Bier und Betten allen
gemeinsam gehören, und der deshalb auch
keinen Zwang braucht. – Was Platon schlicht-
weg als „Schweinestaat" bezeichnete.

Platon hatte schließlich selbst das Modell
eines idealen Staates entworfen. Nur die
Leute, die darin leben sollten, hatte er nicht
gleich dazuerfunden, und so kümmerte sich
keiner um seine bessere Welt, in der alles,
was Spaß machte, nicht vorkam, weil es die
Ordnung bedrohte.

Eigentlich hatten Arbeiter, Handwerker und
Bauern in Athen die Pflicht, sich an der Politik
zu beteiligen. Jeder Schmied oder Schuster
muß den Staat führen können. – Allerdings
hatten die Schuster, die gerade regierten, gar
nicht die Absicht, andere in ihre Werkstatt
zu lassen.

Aber den Arbeitern fehlte sowieso die
nötige Muße. Weshalb Platon meinte, Arbeit
deformiere Körper und Geist. Genauso, wie
es bestimmter Fertigkeiten bedarf, Sandalen
und Stiefel herzustellen, so braucht auch die
Politik einen besonderen Geist. Nur besonders
Gebildete könnten daher wirklich weise den

Staat lenken, was Diogenes wiederum für einen „Scheißstaat" hielt.

Natürlich wußte Platon, daß sein Staat reine Utopie war. Trotzdem hat er immer wieder versucht, seine Vorstellungen über gerechte Herrschaft an den Mann zu bringen. – Wer gibt schon freiwillig zu, daß er sein ganzes Leben einer Idee nachgejagt ist, die sich zuletzt als bloßer Wahn herausstellt?

Vielleicht wird uns Platon eines Tages noch mit einem Buch über den ideal gebauten Staat beglücken – nur wird wohl, weil bei der kleinsten Regung alles zusammenfällt, keiner darin leben können …

Menschenbild. Der Mensch, ohne Gesetz und Staat, lehrte Platon, sei nur ein zweibeiniges Tier ohne Fell. Eines Tages kam Diogenes in den Hörsaal, hielt ein gerupftes Huhn in die Höhe und rief, er bringe Platon einen Menschen.

Politik. Im Staat, meinte Diogenes, ist es wie in der Natur: Der Tausendfüßer ist das langsamste Kriechtier. – Und je mehr Köpfe, um so dümmer die Politik.

Hygiene. An einem Feiertag begegnete Diogenes ein alter Offizier voller Orden und Spangen. Diogenes schlug einen weiten Bogen um den Veteranen: Sehr ansteckend, murmelte Diogenes, diese bunten Geschwüre des Ruhms. Ansteckend und kaum heilbar!

Einsamkeit der Macht. Von einem feisten, glatzköpfigen Bonzen, der für seine langen, selbstverliebten Reden bekannt war, sagte Diogenes: Selbst seine Haare sind geflüchtet!

Geist und Macht. Auf die Frage, warum eigentlich immer der Geist zur Macht geht und nicht die Macht zum Geist, meinte Aristipp, die Mächtigen hätten eben von ihrer Dummheit keine Ahnung. Und schließlich müsse auch der Arzt zum Kranken.

Verdienste. Auf die Prahlerei eines ordenbehangenen Bonzen, er werde sich in Kürze frisches Gold an die Brust stecken können, erwiderte Diogenes: Besser wäre Blei!

FÜNF

In der Höhle fühlten wir uns zu Hause. Nischen und Grotten boten Raum zum Rückzug. Ob in der großen Halle oder in den Seitengängen – jeder fand hier seinen Platz.

Daß ausgerechnet der rechte Winkel, obwohl doch nichts an unserem Leib diese Form vorgibt, das Bild der Stadt beherrscht, ist schon erstaunlich: Häuser, Höfe, Straßen. – Seit die neuen Vororte am Schreibtisch entworfen werden, genügen auch ganze Städte seinem Maß.

Alle Tiere passen sich ihre Behausungen an, nur wir hausen in Bauten, denen wir uns anpassen. Bis heute ist es ein Rätsel, wieso wir in Würfeln und Quadern wohnen, obwohl sie der Gestalt unserer Körper doch derart widersprechen, daß man sich beklemmt fühlt darin wie in einem verkehrten Gehäuse.

Die ersten Menschen lebten vielleicht noch so, wie es ihrer Natur entsprach, meinte Diogenes. Doch mehr und mehr verweichlichten sie, brauchten Schutz und suchten künstliche Wärme und kamen so auf den Hund.

Zum Glück würde alles, so schnell wie hochgemauert, auch wieder zerfallen. Und Platz machen für die Behausungen der Zukunft: für Kuppeln, Zylinder und Kegel.

SECHS

Diogenes hatte den Einfall, die Insel untergehen zu lassen, und schon am nächsten Tag hatte er auch den Schluß für das Stück: In einer schrecklichen Nacht drückt der Sturm das Wasser in die Kanäle, flutet die Bergwerke, überspült die Ebene ...

Hinter der Kulisse sollten Fässer voll Wasser aufgestellt und am Schluß geöffnet werden: sodaß ein breiter Schwall über die Bühne rollen und in die vordersten Reihen, wo die Beamten sitzen, schwappen würde.

Das Manuskript ist wohl verlorengegangen. Auch später ist das Stück auf keiner Bühne aufgetaucht. Allerdings hat Platon die traurige Komödie einem seiner jüngsten Bücher einverleibt — ein bißchen verändert, aber Platon nahm es mit der Wahrheit, wenn sie ihm nicht ins Bild paßte, nicht so genau.

Uns blieben nur wieder die Tage und Nächte in Cafés, Kneipen und Klubs. Und die Getränke, die mit dem Wasser des Lethe gebraut sind.

Von der Mitte ihrer runden Insel, wo die beiden Bäche entsprangen, gruben sie tiefe Kanäle, auf denen sie später mit ihren Schiffen fuhren, bis zum Meer: einen in jede Richtung des Himmels. So war auch die Insel zerschnitten.

SIEBEN

Platon selbst kam nie in die Höhle. Obwohl sie direkt unter der Akademie lag: Das Treiben hier war ihm viel zu quirlig, um sich seinem Sinn für Ordnung zu fügen. Und etwas, daß nicht in seine Ordnung paßte, konnte nur Trug und Schein sein.

Orpheo hatte gerade „Atlantis" angestimmt, und die Höhle tobte. In dem Moment kam Krates an den Tresen und kippte in einem Zug das erstbeste greifbare Bier: Die Polizei hatte ihn gerade mit seiner Katze aus den Büschen geholt. Ihr lautes Schnurren hatte natürlich Neugierige angelockt: Immerhin herrschte eine Hundekälte. Und keiner, außer Krates, wäre auch nur auf den Gedanken gekommen, sich bei diesem Wetter im Freien zu vergnügen.

Hier, in der Höhle, war jeder sein eigener Held. Für Platon war dieser eitle Trubel so ziemlich die unterste Stufe. – Er, der einmal Schüler des Sokrates war und ins Exil gehen mußte, ist heute einer von den Lehrern, die überall dort, wo sich Leben regt, gleich Unordnung wittern.

ACHT

Weit über die Grenzen berühmt, kehrte Platon, der seine jahrelangen Reisen selbst übrigens nie so genannt hat, aus dem Exil zurück. Für Athen war es eine Ehre, ihm für die Akademie Haus und Hörsaal zu bieten. – So zeigte die Stadt weltoffenen Geist. Und der Skandal um den Sokrates-Prozeß geriet langsam ins Vergessen.

Als er dann die ersten seiner Gespräche veröffentlichte, hat sich Platon eine Menge Ärger eingehandelt. Viele haben behauptet, dergleichen nie gesagt zu haben! – Was man den meisten, deren Verstand dazu gar nicht gereicht hätte, auch glauben darf. Allerdings nahm es Platon mit der Wahrheit wirklich nicht sehr genau.

Schon Sokrates hatte geträumt, Platon habe sich in eine Krähe verwandelt und sei ihm auf die Glatze geflogen. Dort habe er sich aufgeplustert und laut gekrächzt: Platon werde also noch viele Lügen über ihn erzählen, befürchtete Sokrates. Und Sokrates, meinte Aristipp, der einige von Platons Büchern gelesen hatte, habe recht behalten.

NEUN

Als vor einigen Jahren eine Bronzebüste für Sokrates eingeweiht wurde, saßen sie alle in der vordersten Reihe: Anytos, Meletos ... – Jene, die ihn heute als Athens großen Sohn feiern, sind dieselben, die Sokrates damals den Prozeß gemacht haben. Der Richter, der das Urteil sprach, ist noch im Amt.

Anytos, der Schöne, der freien Eintritt zu jeder Party hatte, weil alle seinen Vater fürchteten, der ein hohes Amt in Athen bekleidete, wollte mehr darstellen, als sein Verstand hergab: Er hielt sich für einen Philosophen. Deshalb überwarf er sich mit Sokrates, zu dessen Schülern er eine Zeit lang gezählt hatte, als der ihn einen Idioten nannte. – Der er in Wahrheit auch war.

Meletos, der Schmierfink, der seine gefälligen, wohlformulierten Komödien auf die Bühne bringen wollte, indem er gegen Sokrates auftrat, ist wirklich ein erfolgreicher Dichter geworden.

Nur einer, Lykon, der dritte, die Stimme des Volkes im Prozeß, der gar nichts zu gewinnen hatte – er konnte nicht schnell genug vergessen und ging zuletzt in den Lethe.

ZEHN

Orpheo spielte bereits den letzten Titel, und es war höchste Zeit, für den Rest des Abends sich nach ein paar Gefährtinnen umzusehen. Aristipp schielte zwar eifersüchtig auf das frisch angestochene Faß, da er aber wußte, daß man zuweilen auf eine Lust auch verzichten können muß, ließ er sein Glas stehen und machte sich auf die Suche.

Als wir endlich aus der Höhle herauskletterten, kam uns Diogenes gerade entgegen. Er komme immer, wenn alle gehen, antwortete er auf unsere fragenden Blicke. So mache er das schon sein ganzes Leben. Dann verschwand Diogenes in der Latrine.

Diogenes, der sich laufend und unglücklich in alle möglichen Mädchen verliebte, und gelegentlich auch die eine oder andere in die Tonne einlud, kam sowieso fast nie mit, weil er höchstens einmal im Monat mit einer Frau wirklich etwas anfangen konnte. Meist war Diogenes schon zufrieden, wenn er einer die Hand halten oder die Wange streicheln durfte.

Trotzdem waren unsere Umtriebe nicht wirklich das Ziel aller Träume. Und selbst Aristipp, der jeden Tag nur zu seinem Vergnügen lebte, habe ich einmal vom Dachboden ein Seil geklaut, an dem die Schlinge schon geknüpft war.

Aristipp hatte zwei Schwestern und deren Freundin eingeladen. Und da er fand, eine vorzuziehen bringe Unglück, kamen alle drei mit.

Rüstzeug. Zwei Dinge brauche es, meinte Diogenes, für das Abenteuer des Lebens: Verstand. Oder einen Strick.

Monolog. Einmal stand Diogenes auf dem Markt und redete mit dem Denkmal. Auf die Frage, was der Unsinn solle, antwortete Diogenes: Ich gewöhne mich daran, nicht gehört zu werden.

Perspektive. Diogenes sagte, er wolle später mit dem Gesicht nach unten ins Grab. Dann liege er richtig, denn bald werde das Unterste nach oben gekehrt!

ELF

So früh, wie am Morgen des gerade verflossenen Tages, waren wir noch nie in der Tonne aufgetaucht. Es gab sogar freie Stühle. Nur Diogenes fehlte. – Er lag wohl noch irgendwo auf seinem Fell. Heute wäre unser Stück über die Bretter gegangen.

Nach ein paar Gläsern entschlossen wir uns, doch noch ins Theater zu gehen. – Wenigstens wollten wir die anderen Komödien sehen. Hipparchia hatte sich von dem Grünzeug, das hier in der Tonne an den Fenstern wucherte, eine Ranke ins Haar geflochten. Krates steckte die halbvolle Flasche in seine Lederjacke: Verpflegung, das Forum war schließlich fast zehn Minuten entfernt.

An der Haltestelle staute sich eine gewaltige Menschenflut. Nachts war der Fluß über die Ufer getreten und hatte die Wiesen und die Straße überschwemmt. Heute würde überhaupt kein Bus mehr fahren. Die Festspiele fielen ins Wasser.

Wir gingen zurück in die Tonne. Der Himmel war kalt, klar und sonnig. – Es versprach, doch noch ein runder Tag zu werden. Schließlich sollte, wenn die Gerüchte stimmten, am Abend Orpheo in der Höhle spielen ...

Vertrauend der Kunst ihrer Hände, schmiedeten sie Kessel und nützliche Geräte, gefertigt von Erz, das sie aus dem Boden bargen, nicht achtend des stetig steigenden Wassers in den Schächten und Stollen. Bald aber waren die Schätze des Bodens, Erze und Steine, verbraucht.

ZWÖLF

Also fällten sie die alten Bäume der inneren Insel, in deren Schatten einst die Kugelrunden geruht hatten, und zimmerten Schiffe aus Holz. Und rüsteten sie für die große Fahrt zu neuen Ufern, jenseits des sichtbaren Kreises.

Athen schlief. Laut singend zogen wir alle zu Aristipp, der gleich am Markt wohnte, in einem der alten Häuser, die derart gebaut waren, daß keiner sagen konnte, wo eines aufhörte und das nächste begann.

Die Gassen hier waren so eng, daß, wenn man das Pech hatte, jemandem zu begegnen, einer zurückweichen mußte. – In ein paar Stunden, wenn alles den Fabriken zustrebte, würde wieder furchtbares Gedränge herrschen in Athen.

Plötzlich hatte Aristipp die Schnapsidee, mit einem auf dem Markt geparkten Auto einen kleinen Nachtausflug zu machen. Aristipp benahm sich oft, als ob es kein Gesetz gäbe. – Und würden alle Gesetze abgeschafft, würde er dafür wohl nicht anders leben. Aber es bereitete einige Mühe, ihn von dem Gedanken abzubringen ...

Die Treppe zu Aristipp hinauf knurrte bedrohlich. Das Gemäuer war brüchig, und den Hof zu betreten, traute sich schon seit langem sowieso keiner mehr. Im Dach fehlten ein paar Ziegel. Aber der Ofen war noch warm.

Wir saßen auf dem zerschlissenen Sofa und hörten Platten. Krates und die Katze hatten sich schon ins Körbchen verzogen. Drei große Kerzen erhellten den Tisch.

Aristipp, der für seine Kochkunst schwärmte, hatte tatsächlich noch irgendwo Spaghetti gefunden und daraus ein genießbares Mahl gekocht.

Geld. Wenn er an die Macht käme, sagte Diogenes, würde in seinem Staat, statt mit Münzen mit Knochen bezahlt. Ein Reich für arme Hunde.

Moral. Nur, um die Dummen in Schach zu halten, meinte Aristipp, gäbe es so etwas Unmoralisches wie die Moral.

Heimat. Meine Heimat, hatte Krates gedichtet, braucht kein Dach und liegt nicht zwischen Mauern, doch jedes Haus in einer jeden Stadt ist meine Heimat.

SCHLUSS

Jedesmal, wenn ich heute in die Tonne komme, sucht mein Blick den Tisch in der Ecke. Aristipp, hörte ich, ist nach auswärts gegangen. Was aus Diogenes geworden ist, weiß ich nicht. Und Krates ist wohl auf Reisen. Wir hatten die Insel irgendwo in den Weiten des Meeres vermutet, eine Insel im Raum. Es war aber eine Insel in der Zeit gewesen; wir hatten mitten darauf gelebt und es nicht bemerkt. Sosehr ich auch suchte, ich würde Atlantis nicht wiederfinden. Denn Lethe, der Strom des Vergessens, wirft keinen zweimal an dasselbe Ufer.

NACHSATZ

Verblüffung. Das Gefühl, sie alle gekannt zu
haben: Diogenes, Aristipp, Krates und die anderen. – Damals, als es noch aufwärts ging in
Athen, dem kleinen akademischen Städtchen
am Fluß. Erinnerungen an Tage und Nächte
in Kneipen, Klubs und Kammern. Doch hinter
den Fassaden verfielen schon die Häuser. Und
Ohnmacht wuchs unter den Belustigungen
durch fortwährende Feiern und Feste, Jubiläen
und Meetings ... – Ein Déjà-vu beim Lesen
alter Texte, nach 2400 Jahren.

Dieses Buch ist meinem Bruder gewidmet – auf
der anderen Seite des Lethe.

Olaf Trunschke,
geboren 1958 in Rade-
beul bei Dresden, war
Chemiker, später Lek-
tor, Werbetexter und
Verleger. Heute arbeitet
er als Designer und
Dozent für digitale
Medien. Außer Prosa
veröffentlichte er bisher
vor allem Aphorismen
und Gedichte. Der
Autor lebt in Berlin.

OUTTAKES

Pünktlichkeit. Uhren, fand Diogenes, seien geniale Maschinen: Sie sorgten dafür, daß man das Essen nicht verpaßt.

Zuversicht. Ein Toter hatte fast zwei Jahre vor dem laufenden Fernseher gesessen. Erst, als sein Konto leer war und auch Mahnungen nichts einbrachten, wurde er gefunden. – Das, sagte Diogenes, kann mir nicht passieren: Bei mir wohnt der Vollzieher auf der Schwelle.

Tierschau. Boxkämpfe waren für Diogenes
nur Prügeleien von Schwachköpfen. Als die
Athleten den Ring betraten, sagte Diogenes:
Da kommen Schweine- und Ochsenfleisch
auf zwei Beinen.

Verwandtschaft. Zum Sohn eines einflußrei-
chen Bonzen, der überall freien Eintritt hatte,
weil alle seinem Vater schmeicheln wollten,
sagte Diogenes: Ein Schaf mit goldenem Fell
paßt halt in jede Herde.

Hartes Schicksal. Vor der Schmuckauslage wunderte sich eine Dame über die blasse Farbe des Goldes. Es fürchtet sich, rief Diogenes, der zufällig vorbeikam. Es hat Angst vor den vielen, die ihm hinterherjagen!

Vertrauen. Merkwürdig, meinte Diogenes, jede Schüssel prüfen wir, ob sie einen Sprung hat, bevor wir unsere Suppe einbrocken. – Bei einem Politiker aber, der uns seine Suppe einbrockt, prüft keiner, ob er nicht vielleicht auch einen Sprung in der Schüssel hat.

INHALT

Die Tonne   7

Die Taverne   31

Die Höhle   55

Nachsatz   77

Outtakes   78

DAS MENSCHEN-MUSEUM
Olaf Trunschke

Wer im Museum lebt, wird der Mumien und Ruinen, der Legenden und Mythen kaum mehr gewahr.

Dieses Buch gibt mit kurzen Texten eine Einführung in die wunderliche Kultur auf jenem Planeten, der einmal Erde geheißen haben wird.

Fünfzehn Piktogramme erleichtern dem geneigten Benutzer die Orientierung.

„Skurril und witzig, eine kurzweilige und lohnende Lektüre." PRINZ

DER BRANDENBURGER TOR
Olaf Trunschke

Über Berlin wird viel geschrieben. In Berlin wird viel geredet und geschrieben: Kluges und Närrisches. Für manche Berufe scheint Narretei die beste Empfehlung. – Was aber sähe ein berufener Narr, ginge er heute mit dem Narrenschiff in Berlin vor Anker?

Politisch korrekt sortiert von Akademie bis Zukunft, führen die Texte den Leser wortgewandt durch das Kauderwelsch der City. Indem er den zahlreichen Querverweisen folgt, erfährt der Leser, wie Henker, Business und Sex zusammenhängen oder was die Akademie mit den Pissoirs verbindet.

Berlin ist eine verwirrende Metropole: Man muß sie im Narrenspiegel ansehen, um nicht den Verstand zu verlieren. Dieser satirische Führer erkundet in 68 Texten und 7 Bildern aus diesem Blickwinkel die Stadt.

Bibliographische Information
der Deutschen Bibliothek: Die Deutsche
Bibliothek verzeichnet diese Publikation in
der Deutschen Nationalbibliographie:
http://dnb.ddb.de

1. Auflage
© 2008 Olaf Trunschke
Gestaltung und Satz: Olaf Trunschke
Lektorat: Katrin Greiner
Druck: Books on Demand GmbH
ISBN 978-3-86157-130-8

Amok:Books ist ein Imprint
des octOpus Verlages Olaf Trunschke.

www.amokbooks.de